詩集

人生は哀しみだらけ

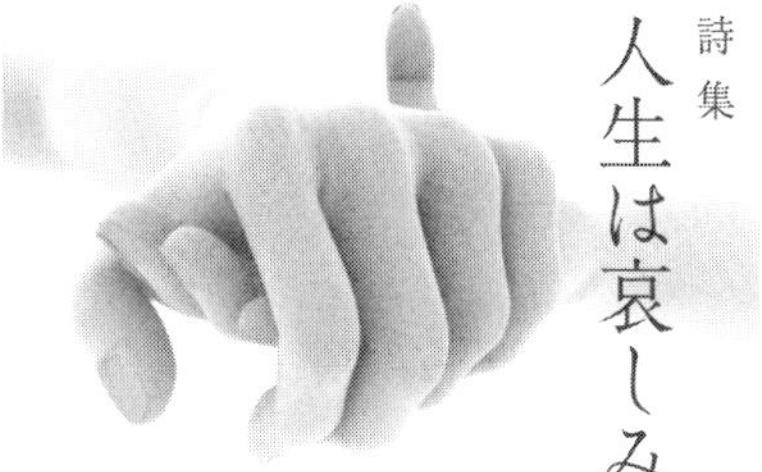

汐海治美
Shiokai Harumi

風詠社

目次

装幀　2DAY

人生は哀しみだらけ

「人生は哀しみだらけ」なのは

素手で詩を書くと
こんなふうになる

それはとても痛く
過去を台無しにし
「強く生きるぜ」
という気持ちを
なしくずしにし
今にも心が嵐となる
哀しい仕業だが

私には時間がなく

嵐を受け止める時
やはりゼーゼーと
哀しい音を立てるので
母の供養もそこそこに
詩を書く　素手で
すると気が付く
「人生は哀しみだらけ」
だと

私の左耳が痛んでいる
人生の哀しみの声を聴いて

私の書く（書いた）詩は
哀しい詩（多分）だが
どれもこれも本当のことだ

ただ
左耳には
たくさんの小人がいて
せっせと哀しみを運びだしている
けなげだなあ

詩は詩の向こうにある

何十年も生きて
生徒とともに詩について考えてきて
答は一つ
詩は詩の向こうにある
どんなに丁寧に言葉を扱っても
詩は目の前に現れない

でも
今病気になって
分かった
この世には
それでも書かなければ

生きていけない人がいる
ことに
本当の詩に
出会えなくても
書きたい人がいて
詩を書くのだ

詩よ
許して欲しい
いつも向こう側にある
あなたを書ききれず
身もだえしている
そんな人を
詩人と呼ぶことに

詩は決して
頷かないだろう
ここまでおいでと手招きして
長い旅をした旅人だけを
その魂に触れさせる
月降る日の
石の上で

宮城県詩人会主催「ポエトリーカフェ・みやぎ」に参加して（注）

遺書と詩

「遺書は詩なのか　詩は遺書なのか」田宮ケンジロウ氏によるポエトリー・カフェより

円谷幸吉の遺書を読んだ
今となれば
血の匂いも薄れ
家族へのやさしい思いにあふれた遺書だった
日航機事故で亡くなった父の遺書も
必死に書かれた状況は薄れ
やさしいやさしい遺書だった
どちらも優しさだけでは済まされぬ
無念と憤りを孕んでいたはずだったのに

私も遺書を書きたいなあ
でも私には宛てる家族がない
きっと夫は既にいないだろう
日航機の父のように
残す子供のいない私は
自分のやさしさを
だれにも表せないで
死んでいくのだ

だからすでに亡くなった家族に
今　遺書を書く　円谷流に
お父様　幼い私に死んでいく姿を見せてくださってありがとうございます
お母様　五目御飯とお稲荷さんおいしゅうございました
お義父様　大事な息子をくださってありがとうございます

お義母様　きゅうりの古漬けおいしゅうございました
佐々木様　バナナ・餃子・チーズ　六十年前にはご馳走でした
だがあとは遺書を宛てる家族はいない
私の家族の貧弱さを
円谷幸吉は憐れんでくれるだろうか
それともその気軽さを羨むのだろうか

こんなことを考えていると
私の軽い遺書はひらひらと
しきたりのない国へと飛んでいってしまった
残された多くの遺書たちは
意味を求めて今もそこにある

半径五メートルを生きる

「真夏の午後のビアパーティー」秋亜綺羅氏によるポエトリーカフェより

半径五メートルを生きる
へとへとに

昔は誰もが半径何億キロメートルかを
生きたつもりで
わめいて溺れて死んだことを
今
思い出した
洗面器の中を
ぐるぐる
回っただけなのに

だが
洗面器は
神聖な宇宙そのものだった
渦を巻き　闇のまた闇の彼方に
何かが見えて
へとへとになって吐いて
その渦に巻き込まれ
今思い出しても
うっとりする

半径五メートルを生きる
へとへとに

半径五メートルの世界は
焼けた玉葱の匂いがする

黒いビニールの袋が
きちんと並び
裏庭に何か大事なものを
埋めた気がする
そんな八月の暗い電燈の下
何十年たっても
なお愚かであることに
蝉の薄い羽が今も病んでいることに
涙する私に
さよなら
手にハンマーを持って
五メートルか五億キロか
へとへとの森を毀そうとして痙攣
半径五メートルを生きる

へとへとに

少女その後

「Bob Dylan は詩人なのか」梢るり子氏によるポエトリーカフェより

誰だって
女ならかつて少女と呼ばれた
その期間が短いか長いかは
三つ編みがいつ解けるかで決まるのだろう
未来を敗荷《やれはす》にしないよう
三つ編みはいつも怒っていた
「いない人にさせられるっ」
そのうち　体育すわりの股の中が気になり
やがて三つ編みが解けて
大事なことを忘れる

少女って
始められるんだよ
と言ったら
驚いた顔していた

十二月八日

『宮城の現代詩　2019』を読む―アンソロジー合評会　安住幸子氏によるによるポエトリー・カフェより

「2019年令和元年十二月八日今日は何の日？・」※

昭和十六年十二月八日日本軍が真珠湾を攻撃した日
昭和三十六年十二月八日力道山が刺された日
1981年12月8日ジョン・レノンが撃たれた日
1991年12月8日ソビエト連邦が消滅した日

ラジオが淡々と語る20世紀の50年間
歴史が
一枚のラジオの原稿に凝縮されたとき

突然
私の人生が動き出す

力道山は昭和の人だった
子どもには分からぬ道理があった
誰もが貧しかった
昭和が懐かしい
それがたとえ戦争のせいであっても
ジョンが撃たれたのと三島が自決したのと
どちらがショックだったろう
大事な人がいなくなってしまった哀しみ
理不尽はいつも
突然にやってくる
ソビエト連邦が消滅した日
私はきっと呆然としていたろう

チェコスロバキアにソ連の戦車が進軍した日の
高校生の怒りは
宙吊りになり
歴史とともに閉じ込められていた秘密が
暴かれて
突然私になる私
そう　高校生の私は
いつも指先に至るまで震えていた
戦車ひとつで
昭和が懐かしい

十二月八日

２０１９年十二月八日
テレビは真珠湾攻撃から八十年のニュースを繰り返している
歴史に一番大事なのは
それがいかに多くの人の運命を変えたかということ

戦争かジョンか
わからないけど

１９９1年ソビエト連邦が消滅してから三十年
その後二回の大震災を経て
まだ私は生きている
テロにも震災にも
いつも呆然として口を開けて生きてきた
「デクノボウ」と呼ばれて
「失われた三十年」を作ったのは
私だ
昭和の人は
いつも心が痛いと泣くばかり
「２０１９年令和元年十二月八日今日は何の日？」

その日私は詩人会の合評会に出て自作の詩を声を出して読んだ
何事も起こらず
七十年余りの平和を「デクノボウ」として生きた哀しみを読む

※「2019年令和元年十二月八日今日は何の日?」
NHK朝のラジオ番組の中の一コマ「今日は何の日」から

(注) ポエトリー・カフェ
宮城県詩人会主催の月例行事　およそ月一回、テーマとコーディネーターを変えて実施され、誰でも自由に参加できる。私は2019年五回参加したが、そのうち四回を勝手に詩にしてみた。ただし詩は、カフェの内容そのものを意味しない。

犬の命

どこにいても
その匂いで存在を主張した
晩年の桃子は
皮膚病でいつも掻いている
撫でるといつまでも
手が臭う
出会う誰もがかわいいと
褒めてくれた伝説の桃子は
今や家の中で臭って
横たわっている
（ごみのように）

ああ私もまた
犬の如く（ごみのように）
横たわる日が
来るのだろう
私はだれの手を汚すのか
と夢想していると
ひょっこりと
隣に来て
横たわる
（ごみのようで）あるからこそ
愛しい桃子の
その匂いを
嗅ぐと
伝説の桃子の匂いがして
ちょっと涙ぐむのだ

今日もまた
桃子がとぼとぼと
歩いている
走ることを忘れた犬は
うなだれて
寝床へ行く
その哀しい旅路よ

こんな人　―亡き母へ―

「こんな人になってごめんね」
病院を訪ねていくと
ぎゅっと私の手を握り締めて
離そうとしない
あなたは何度も繰り返して
「こんな人になってごめんね」と言う

「こんな人になってごめんね」
「こんな人」にだけはなりたくなかったあなたの
行先が「こんな人」だった
かつては「こんな人」を

私もあなたもどこかで恥じていたのに
今は「こんな」あなたを
少しも恥ずかしいと思わないのだった

バスの中で
「こんな」人のことを考えていたら
いつのまにか涙がこぼれ
降りて歩くと
風が涙のありかを
知らせてくれるのだった

こんな詩を書いて
母を送ったつもりになっていた八年前

こんな人　―亡き母へ―

あの時母は
泣いていたろう
「ごめんね」とはどんな意味か
なぜ謝るのか
バスの中でなぜ私は
泣いたのか
そんな問いを置き去りにして
今
私は生きている

たましいの哀しみ

四月のたましいは少し汚れている
私はずっと「汚れっちまった」のは
中也ではなく
「哀しみ」だと思っていた
そう
中也の中にあった言いようのない「哀しみ」すらも
あまりにも「哀し」すぎて
「汚れっちまった」のだと思っていた
「汚れっちまった」だってさ
汚れてない人間はどこにいる
中也って子ども！

五月のたましいは少し哀しい
聖母月と呼ばれ
スターバト・マーテルはいつも重荷だった
「汚れっちまった」哀しみを持つ子どもは
もういい！
と何度思ったか
だが
黄金の母は言う
「何度でもあなたの母になりたい」と
母という聖母は
永遠の重荷だと
あなたにそっと教えてあげたい

六月は別の哀しみ
死んでゆく人の淋しさ

どんなに悟った修道士も
たましいをふらつかせて
老いた犬が
子どもが泣くように哭く
その哀しみを
誰が知ろう
神はいつもあちらを向いていて
人の一番痛いところを
意地悪にも
つねっておられる

森の番人

「その朝少年は言葉を知った……いまとなっては、ただ使うだけの言葉などというものは、とるに足らぬもののようにも思えるのである。」　谷川俊太郎『コカコーラ・レッスン』

世界中のいたるところに
図書館の森はひっそりとたたずみ
君の探検を待っていた　そんな時代もあったのだ
森はかつて君に言葉を教え
君は言葉によって世界を命名した
そのとき
世界は一つの永遠だった
それは平和な時代の
薊のような事件にすぎないと
君は言うのだろうか

だが今は
「ただ使うだけの言葉」で世界は十分に間に合っている
いったいどれだけの言葉が
地球上を行き来しているか
「とるに足らぬ」言葉とは言うまい
その一言でえぐり取られる
心臓もあるのだ
磨かれぬ言葉だからこそ
核心をつかぬ言葉だからこそ
撃ち抜かれ
倒れる人もいる

では
今図書館の森はどこだ

震えるように君に尋ねる
すると
ネットの住人と化し
英語で世界中の図書館に分け入る
君は
軽やかに世界を住家にし
日本語を失って
世界のエクリチュールの中にいる

君は英語で「詩」を書いて見せるが
意味だけを受け取る私は
もはや　読者とは言えないのだろう
君以上に年を重ねたのに
未だ迷って言葉を探し続ける
私は

既に落葉した日本語の図書館の森を
ゆっくり歩く
今では
薄ぼんやりとした世界だけが世界だという声が
どこからかして
世界はゆっくりと閉じていく

なお立ち向かっていく
私はもういない
すまない

邪悪

邪悪な映画を見た
どうしても欲望を抑えられない人の
顔には何が張り付いているのかを
見せてくれた
プライドを傷つけられた人の
顔にはどんな哀しみが浮かぶのかを
見せてくれた
人を陥れようとする人の
顔にはどんな邪悪がこびりついているのかを
見せてくれた
どうして俺をわかってくれないのかと
叫ぶ人の焦りを

見せてくれた
周りをみんな従えたい人の
鼻を膨らませて言い募る傲慢さを
見せてくれた
大事なことをなかったように生きる人の
痴呆のような顔を
見せてくれた
そしてそれらは
みんな自分の顔だ

日本には本当の悪人がいないという
なら私はどうだ
稀代の悪人だ
邪悪で高慢いつも人を陥れようとする
そして何より

大事なことを隠してなかったことにしている
邪悪な巨人だ
あの日何があったか
知っていてなかったことにする
一億人のうちの一人だ

「なかったこと」にする
痛みを
みんな知って苦しみ
氷の牢獄に入っていると
どうしても痴呆のような映画の顔が
浮かんできて
どんな痛みよりも
痛むのだ

いのち

昨日ラジオで聞いた話

五月も末になると
モリアオガエルは水面の上に突き出した
樹上に産卵するという
やがて孵って下に落ち水面を
おたまじゃくしとして泳ぐ
だが
その誕生を真下で待ち受けるのが
いもりだ

いったい

いもりは孵ったおたまじゃくしをどれくらい食べるのだろう
やわらかい赤ちゃんは
きっとおいしい
鎮守の森で待ち伏せした
男の子がどこかむずがゆかったような
あまさ
きっといもりは
別のいのちを心ゆくまで
堪能し
平然と食べつくすことの
灼けつく喜びを味わうのだろう
パンパンに膨れたいもりの赤い腹よ
ああ
破れてしまえばいいのに
生きることの

あかしに
それこそが
生きるということの
行きつく果てだ

モリアオガエルの卵は
巨大な白い泡
食べられることを知っているかのように
神聖味を帯び
生き延びる夢を
夢見る
そのすぐ後に一片の憎悪も混じらぬ
放心　諦め
卵は
静まりかえって

白い塊のままに
そこにある

ラジオから受け取った「いのち」の話

やがて
「いのち」は
遠くに運ばれ
静かに
死んだ

人生は哀しみだらけ

朝目覚めると
昨日がなければいい
と願う
そんな
哀しみの人生を誰もが生きている

朝目覚めると
目覚めなければよかった
と願う
そんな
哀しみの人生を誰もが生きている

だからって哀しむんじゃない
立ち上がって
ゆっくり掃除しろよ
地球の隅々を
他人の分まで
と
どこからか命ずる声がする
ので
誰もが
他人の分まで
掃除し始める
そんな地球に
生きていたいなあ

朝目覚めると目の前に

一昨日が来ることは
決してなく
毎日が更新されていく
が
そんな人生も
少しだけ
いいなと呟く
あなたがいて
私も少しだけ
満たされている

詩を書くということ

私はいつの間にか自由律の句会に属して句を作っています。我ながら不思議なことです。詩では評価されることはあまりないのですが、句は選句によって、同人から評価を受けます。たまに過分な評価をうけることもありますが、多くは、寂しく取り残され、ぽつんと立っています。そのうちの一句。

瓶のふたを捩じれず捩じる捩じるとき涙

私は瓶のふたさえ捩じれない時があります。捩じれない自分に呆然とします。時に「涙」…ではありませんが、心の中で泣きます。

ところで、私が若いころ最初に好きになった詩は、安西冬衛の著名な

てふてふが一匹韃靼海峡を渡っていった

という短詩です。高校二年生のことでした。その後、なぜ安西冬衛は俳句ではなく短詩を書いたのか不思議に思い、安西冬衛論を書きました。最近の私の句、

韃靼へ北前船の畜の夢ひらひら

は、安西冬衛へのオマージュです。故郷新湊の博物館に回船問屋の「汐海文書」が残された者の「夢」です。

さて、人はなぜ詩を書くのでしょうか。いや、私はなぜ詩を書くのか、不思議です。どうして俳句ではないのか、と問われれば、俳句では短か過ぎて思いが載せられないからです。そもそも俳句には「思い」など不要です。いや、「載せ」ようとすること自体不遜のような気がします。では、翻って「詩」は、思いを書く形式かと言われれば、詩の言葉を、日夜鍛えている詩人たちに失礼に当たる気がします。かつての私、世界にどこにもない詩を書くのだと言っていた私にも。でも私は力不足で、だんだん自分にしか理解できない、そんな詩しか書けなくなり、やがて、住宅顕信の

わかさとはこんな淋しい春なのか

という句等を読んで詩作をやめました。入り口が安西冬衛、出口が住宅顕信、どちらも短詩形であることが共通点です。私は、そして私のかつての詩は、短詩形にやられたのです。一息で切りつけられたのです。へなちょこの私、へなちょこの詩。

今の私は違います。「へなちょこの詩」でもいいと思っています。この「人生は哀しみだらけ」は、前の詩集「ビートルズの向こうに」の後、すぐ、「一筆書き」のように書い

た詩を集めたものです。日記のようなものでしょうか。かつては、恥ずかしくて自分の「思い」など書けませんでした。今は、日記のように（でも決して日記ではないのは書くということの秘密のひとつでしょう。）書きます。へなちょこの詩です。

この後も私は、日記のように詩を書き続けるでしょう。そしていつか私は、私の「フェルナンデス」（石原吉郎）を見つけたいのです。書き続けるうちに私は「フェルナンデス」を見つけられるでしょうか。いや見つけられたとして、果たして書けるでしょうか。きっと私の旅は、果てしないものになるでしょう。

汐海 治美（しおかい はるみ） 1951年～

2009年「詩集　宙ぶらりんの月」（風詠社）
2011年「震災詩集　ありがとうじゃ足りなくて」編著（ユーメディア）
2012年「震災詩文集　言葉にできない思い」編著（ユーメディア）
2014年「生徒が詩人になるとき」（EKPブックレット）
2017年「詩集　学校という場所で」（風詠社）
2019年「詩集　犬について私が語れること　十の断片」（風詠社）
2019年「詩集　ビートルズの向こうに」（風詠社）

桃山学院教育大学客員教授　聖ウルスラ学院顧問
日本現代詩人会会員　宮城県詩人会
980-0805　仙台市青葉区大手町2-25-503

詩集 人生は哀しみだらけ

2020年4月30日　第1刷発行

著　者　汐海治美
発行人　大杉　剛
発行所　株式会社 風詠社
〒553-0001　大阪市福島区海老江5-2-2
大拓ビル5 - 7階
TEL 06（6136）8657　https://fueisha.com/
発売元　株式会社 星雲社
（共同出版社・流通責任出版社）
〒112-0005　東京都文京区水道1-3-30
TEL 03（3868）3275
印刷・製本　シナノ印刷株式会社

ISBN978-4-434-27474-9 C0092

乱丁・落丁本は風詠社宛にお送りください。お取り替えいたします。